An Illusion Called Beauty

Samar Al-Mahiawi

English Translation
Asma Boumezrag

ISBN: Hardcover   978-1-4828-9770-8
         Softcover   978-1-4828-9769-2
         eBook   978-1-4828-9771-5

To order additional copies of this book, contact
Toll Free 800 101 2657 (Singapore)
Toll Free 1 800 81 7340 (Malaysia)
orders.singapore@partridgepublishing.com

www.partridgepublishing.com/singapore

Samar Al-Mahiawi

Born in Kuwait (1984)

BA graduated in Business Administration-Management (2006)

Fine Arts student in Lotus Educational Institute, Dubai, UAE.

*****

SPECIAL THANKS:

Lotus Management and Faculty

for teaching me the Illustration of images and supervision
in preparing this book for publishing;

Ms. Asma Boumezrag

for her professional English translation;

Mr. Najeeb Joma

for his dedicated interior layout and cover design.

DEDICATION

It is a long story started since thousands of seconds

with thousands of persons.

It is a juvenile dream awaken within the echo of stories, traditions, morals and mysteries of a ring; a secret of a carpet and a magic of a mirror.

To whoever loves imagination and fantasy,

To whoever loves principles and ethics,

To whoever loves past and memories of ancestors.

To you... I dedicate this book.

My thanks and gratitude cannot be limited to a name or two,

Rather to whoever encourages me, likes my stories. To my dearest family, to all those who did not know but few of my tales, to all my friends and beloved ones, to whosever stands by me and inspires me.

I wouldn't forget the esteemed Institute 'Lotus',

Without your encouragement and support, I wouldn't take this milestone step at this very specific timing...

To you... my sincere thanks and gratitude.

This book has been published through you all,

I was just a simple and small part of it.

The flower bottle opened up its dreams towards the brilliant stars, enclosed in illuminations for the world to see clearly the splendid expressions, the humble meaning and depths and mysteries of the words.

My love and gratitude,

Samar Al-Mahiawi

*I wish I can hide my face in a big box
to walk confidently amongst people.*

An Illusion Called Beauty

Once upon a time,

Does it really matter when or where?!

Whether it was true or just a fairy tale?!

Or what really matter is that each story we tell worth to be heard...

She was indeed little by age, few years or so, beautiful like a princess....... coming from a magical world.

Her infantile scent was redolent of fragrance, roses and many colors.

The name given to her was "Maysam" to reflect all beautiful virtues.

The little girl didn't understand much of the world, and thought people to be some shapes and types.

All she learned, smiling innocently since her mother revealed the fascinating secret of a sincere smile.

"Smile sweetheart, smile always and bring happiness to nice people's hearts" The little Maysam was greatly influenced by her small family like any other child of her age, she believed their talks, shared their moments of joy and sorrow.

Her eyes glow with joy each time she senses the beautiful love uniting her parents and when they ask her: "what is the matter Maysam?"

She replies pleasantly: "I want to be like my parents when I grow up".

One day, what was an unlikely expectation became actual situation.

Overnight and all of a sudden, her small family had no alternative but to move to her grandmother's big home, now that the economic crisis has stroked the country resulting in poor income and scarceness in job opportunities.

Since then everything went upset down…

Although the new home was full of people, full of furniture of different types and sizes, still the walls were completely unwelcoming, not giving any comfort. Suddenly, the corners of the home turned cold like communicating its objection and pain to its occupants.

The grandmother did not like Maysam's mother because of her great wisdom, tranquility and peace loving nature. She always believed that her daughter-in-law was wearing just a mask and that indeed she was nothing but a chameleon showing different colors, attitudes and filling her son's head with trifles and a lot of lies. Maysam's mother was not at all like that which was creating issues and rising up jealousy in the heart of her sister-in-law who was still spinster.

Years passed by…

The little innocent beautiful girl became a young unsociable forgotten lady…

When I look at the reflections of my face... I see nothing but ashes scattered and emotionless features...

I can't recall when the shapes of those around me started to disappear slowly... just like when you look at yourself in a foggy mirror, your picture will slowly be revealed until it reflects you and no one but you... This is what I am seeing in the reflections of their eyes, no matter how these eyes look like, whether they were almond shaped, circled, squared, rectangle, big or small, they always accompanied me through my journey... wherever I go.. they followed me... they locked me up in its illusion shadows and made me feel so depressed and sad that I was unable to see without them.

It feels like I am going around myself...

Who I could be?

What I have done?

Is there any refuge?

The feeling of loneliness, selfishness, betrayal and jealousy overwhelmed her family, started to rule their judgments. The very first punishment was forcing love out of close doors, ignoring to hear any appeals... eventually, the glamorous smile on her mother's lovely face has disappeared and replaced by a sad bitter one, as her father stepped back away from his own family to be a free single bird again.

Angry souls screaming loudly without permission, uttering all kinds of words which hit the heart hard through its rough letters, tears burning whatever comes on its way… far away… to the nowhere…

Where all that love went?

Why did that smile disappear?

Time canceled all its regular basic changes, its painful fingerprints rebelled threating silently… in that house there were nothing but shallow weak souls looking for an exit or a shelter that could receive its old burden even for counted silly moments. Thus, journey of self-conflict began, through its paths with life acceptance of rejection, comparison and anger along with that bard feeling of guilt…

I understand everything…

I hear everything….

My small figure does not indicate anything… it seems…

Maysam's Family, like any other family, was a blabber lover. They used to gossip about people on non-stop basis, to compare people to each other, without realizing that their naive attitude may affect a child's self-confidence, and rise up sort of sophisticated questions in his mind, about how welcoming his family would be.

This mentioned child happens to be me! Their words still have a frightening echo in the deep of my heart. Every morning, I find it so hard to overcome my fears, my hurts, to maintain my principles, or even to go ahead with my life indeed.

I can hear their aggressive harmful words:

"What a cocky girl!"

"Look at your cousin, how obedient girl she is!"

"What a dark girl!"

"Shut up! You're just a kid"

"What a big feet!"…

When I go through these statements, I find them so wrenching and so painful.

What is wrong with my feet? Why they are so big and ugly!! Is my skin that dark and unpleasant?! Does my young age prevent me from grasping facts of life? Why? Why do I feel a deep sadness laying heavily on my chest, an enormous scream shaking the depth of my heart. Why me and not others?!!!

More I realize what they were truly thinking of me, more I hate myself as this is what I am…

Like scratched mirrors, they were constantly reminding me how ugly I am for them.

But after my constant suffering, I have decided! Yes, finally I decided to build a solid wall deep inside to keep myself away from them. I promised myself no more cries in front of them!

A wish

Ting tong, ting tong,

The doorbell rang lightly resembling a young butterfly motion. She must be our neighbor's daughter Ola who was lovable for her funny stories and quarrels like a beautiful bird bringing luck and happiness wherever, whenever it passes.

Oh I wish I could be treated like her!

I… I hate her, oh my God, I uttered it..

Yes I do hate her and I really feel sorry for that.

Maysam sighed for a few seconds and with sentimental yearning scolded herself:

No one loves me! No one…

Why, why?!!

She walked into her room talking to herself, looking for an answer in her mirror. She took a look at herself…

What do I lack? What is wrong with my personality?

Or is it my appearance?

Thoughts rolled through her head and burdened her small heart and suddenly, she heard

O what a beautiful girl, O Ola

Is there a nicer girl than you on this earth?

What can I do to wrap myself in a dress inlaid with similar words to protect me from such awkward situation?

Dancing with the air, exchanging funny jokes with laughter, their voices were very loud as if they were next to this drifter girl.

Maysam looked closely to her prematurely old face and after some time nodded approving her decision; yes, if I can do that I will get my happiness...

But how?

Maysam came out of her room to ask her friend eagerly hoping to get answers for her questions; but it was nothing than her swinging wooden toy wherein she used to cast her blundering feelings away with the breeze. She made up her mind: I will not continue this way anymore

Yes, I must look for the secret of that beauty! And get the same at any cost! Perhaps it will restore the joy I missed! With such a beauty, I shall walk forward confidently amongst people without any fear or shyness.

What is beauty?

Summer drew near followed by all preparations. It was quite an opportunity for people of the city to exchange talks and conversations about autumn carnival which used to be held every year. The carnival was an occasion for people to celebrate end of the warm season over the biggest bridge linking east of the city to its west as a bond of peace, harmony and unity. Those were nights of joy, singing and high competition among the most weird and most beautiful theaters and shows. However, Maysam was not thinking at all that way. She felt like a stray prey amongst this crowd gazing at her with mysterious dreary eyes. This situation led her more and more into skepticism until she became breathless. In spite of all that, she was still determined to join the Carnival in high hopes to obtain what she was longing for; perhaps her fate changes at last before it is too late. During those days, Maysam was roaming and wandering here and there taking notes of what was going on with the family. She was snooping around for any interesting topic, and secretly inspecting her grandfather's archaeological books. She was observing the faces, moving the head slowly and walking on her tip toes to be unnoticeable. The mother called upon Maysam in order to help her in preparing lunch.

Maysam started to cut some vegetables for her mother who was already cooking some rice and soup. And suddenly it came to her mind: "It is my chance to talk about the carnival!" She hesitated a little while, then said:

Maysam: "a..aa... Mo Mom!" with uncertain tone...

Mother: "What do you want?"

Maysam: "You know, it's a carnival time and all people of the city are eagerly waiting for the opening ceremony".

Mother: "That's right".

Maysam: "Can I attend?"

Mother: "With whom?"

Maysam: "With my school friends, of course"

Mother: "But this is the first time ever you are asking to go, what made you to change your mind?"

Maysam: "Nothing in particular, I just wanted to spend a good time with my friends, that's all!"

The mother kept silent for a while thinking.... before answering her, "Don't worry, I'll inform your father but promise me to take good care of yourself and return safely before dark".

An overflow of contradicted and perplexed emotions overwhelmed Maysam rising up her curiosity about the future. Finally, luck is playing its simple and positive role helping her to achieve her goal.

I wonder how long I can wait?

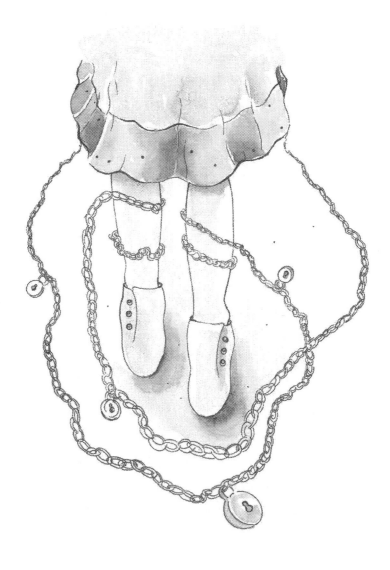

Carnival day

Maysam told her friends "sure, I'm coming", so they were surprised thinking "what's the matter with her?", as it was the first time she showed interest in joining them. Indeed, Maysam always wanted to do that, but the discomfort to walk along the city made her to think twice each time. However this time was altogether different.

It was so overcrowded for Maysam to feel peace, she was looking down and trying to stick to one of her friends by holding the tip of her shirt, but she ended up losing her way and her friends due to the jam. Frightened to death, she started searching randomly here and there, but she found no one. She screamed deep inside "Oh my God!! I can't see anyone of them". At this very moment, a flow of blundering thoughts invaded her mind. The solid wall she built skillfully has collapsed at first encounter with destiny… it seems...

The carnival was so cheerful with the breathtaking lights and amazing theaters that Maysam forgot her loneliness for a while, especially when she got to watch the fireworks, fancy costumes and global cosmetics brands display. She started to put some make up waiting to see impressions of others; maybe she changed and became prettier. However, she was still blocked in her old belief that mirrors were following her and getting uglier and uglier whenever she tried a new thing.

After a while, she realized that she was lost, and that she needed time to find her friends, unless they have changed their way. Her face turned pale and she started to hear her heart beating, till she heard an interesting announcement which was so appealing that she forgot again her affliction. She came closer then she understood that it was a call for a show.

'Overwhelming Beauty'…

'Most Attractive'…

Most Talented '…

'Inspiring Dancers'...

'Watch it now or regret it forever'!!

Said the man, who was inviting people to an overcrowded cave-designed room, decorated with golden coins with dim lighting where all attendees were eagerly waiting for the show to begin.

Maysam became inpatient as the man mentioned exactly what she was looking for, like he read her mind. She rushed to him saying: "You sir!"

The man wondered: "What do you want little girl?"

Maysam Said: "You have something which belongs to me!"

The man in an amazed enraged tone: "what do you mean? It's the first time ever to see your face!"

Maysam reformulated quickly her question: "No, you didn't get my point. You were calling people for beauty proudly; if you really have it, please give it to me, I need it badly!"

The man smiled in a sarcastic manner for a while then said: "hahahahaha, can't believe, come, come and tell them".

He took her to the shiny backstage, introduced her to some musicians and some of his impressively beautiful showgirls who were dressed in glittering costumes and accessories.

He called upon everybody saying with a half-smile: "come and listen, this girl wants something I possess!"

All asked: "what is that?"

The Man: "You tell them yourself little girl".

Maysam: "I'm looking for beauty, I want it to be mine!"

They all burst into laugh so loudly that their horselaughs reached almost to the audience outside: "O really?"

Maysam kept silence with a wary impression like confirming her last statement.

The man: "mmmmm well... look at the huge crowed over there, do you think that they all gather for beauty?"

Maysam: "Sure.. what can be more inspiring for the souls, what can soften the hearts, what can fill this world with joy and laughter else than beauty".

The man stared at Maysam's face amazed at her enthusiastic talk, pondering over each word she uttered.

Maysam carried on: "What was in fact the beauty you were advertising for sir?"

The man proudly: "It's our fascinating show dear!! want to join?

Maysam blushed but didn't think twice before replying happily: "yes, yes I do".

The man was astonished at Maysam's determination to go through any adventure for the sake of beauty. He went to check the wardrobe, brought some glamorous garments, then gathered showgirls addressing them: "I want you to teach... ((What's your name by the way?)) she replied ((Maysam)) great, I want you to teach Maysam how to dance cause she'll join you in the show".

The girls started to babble refusing to do so due to the limited time and difficulty of show as it took them months and months of constant training to achieve such a professional performance.

The man: "Alright, alright... you will be teaching her only simple and easy things which can be complementary to the show. I guess you can do this much at least?"

((I just want to see what this strange girl is capable of)) in challenging tone to justify his insight.

Orsola, the team leader stepped forward. She was a child of interracial marriage; her father was Arab and mother was Russian. She was looking like "Matryoshka doll" which is a set of wooden dolls of decreasing size placed one inside another, all with rosy cheeks and deep blue eyes...

She said: "I will help her to perform nicely... don't worry".

She dressed up Maysam properly, and started to teach her some simple movements Orsola: "Try to imitate exactly what I am doing...

Dance this way, with agility and grace and don't forget to smile and whenever we move to the other side follow us..."

Maysam got thrilled and delighted to possess the beauty of the place by taking part of the show...

"Come on everybody, get ready, it is show time

Don't lose focus... good luck for you all"

Orsola: "Come on Maysam this is your chance to see the beauty of our show through the eyes of this large audience

1, 2, 3...

Curtain lifted and the show began. Music started to flow magically enchanting the audience and dancers moving in splendid harmony with music tones, but Maysam was frozen in her place as a statue, not even a single step!

In spite of Maysam's great excitement to embrace something of that beauty, but audience unanticipated applause and acclamation were too much annoying and trembling to her delicate heart. She found herself suddenly center of attention of this large number of mirrors, all staring at her, evaluating her performance and passing comments on her appearance.

Somebody from the audience: "What about that girl? Why she isn't moving? Is she a decoration for the show?"

I can hear their whispers; understand their true opinion of me... the way they are gazing at me, murmuring, laughing and mocking,

This is not at all what I expected... this cannot be beauty, no way!!! She thought.

Orsla tried to extend help somehow, but Maysam already jumped up among the audience, attempting to close eyes and ears, trying to find a way out to escape entire show. She was so terrified that she torn up the fancy costume to look that ordinary girl again. She was barely realizing what just happened to her for she couldn't forget those scary mirrors. She was weeping deep inside; she felt great anxiety and an unbearable pain tearing her apart...

She ran & ran directionless trying desperately to escape the mirrors, but they were still there like running with her. She finally could regain her self-control and sat for some time on a log of wood away from people.

After few minutes, she heard some child crying. She was a little girl standing on the other side of the bridge. It seemed she was unaccompanied in the middle of the crowd, so Maysam went closer to check…

Maysam: "Why are you crying sweaty? Where are your parents?"

Little girl burst into tears: "I don't know, they've suddenly disappeared".

Maysam: "Oh! Don't worry, we'll look for them together,

But can I know your name first?"

Little girl with difficulty: "Had…eel", "but I can't come with you, mom told me not to talk to strangers and not to go with them".

Maysam: "Your mom is right dear, but look! We're on a wide crowded bridge and if you notice that I am taking you far from this place, you can just scream and lot of people will run to rescue you. I will just accompany you until the kiosk over there at the end of the bridge. I can see some security men perhaps your parents are waiting for you there also. What do you say?"

The little girl thought for a while before accepting Maysam's suggestion, she wiped her tears away and together they walked hand in hand.

Maysam: "Don't be afraid Hadeel, I am just like you; you are looking for your parents and I'm looking for something in this carnival".

Hadeel got some relief when hearing these words and started to react positively to Maysam's words.

Hadeel: "What are you looking for?"

Maysam whispering into her ear: "it's beauty!" with very soft smile resembling radiant everlasting breeze in the middle of obscurity.

Hadeel: "Oh! you've got a wonderful smile".

Maysam felt like the walls of her castle trembling again, but this time it was completely different sensation, warm enough to break some of the mirrors, to transform frost to drops of pure water like setting free old tears imprisoned since eternity.

Silence overruled when the two girls were walking side by side towards the end of the bridge. Maysam was delighted because she was not lonely anymore. She suddenly felt her heart brave and fearless. She was ready to do anything to help Hadeel. Surprisingly, the same little girl was the source of that inexplicable positive energy! So who helps whom? Hadeel is supposed to help Maysam or other way round? Or is it simply acquaintance of two energies helping one another.

On the way, the girls came across a modern stand with visible lighting and elegant design. There were some catchy pictures for several guys and girls in 'Before & After' look.

The place was going into a gradual crowd as the audience was happy with the results.

It was a plastic surgery platform where benevolent surgeons were helping people free of charge on this special day.

"Attention Please, Attention Please,

Ladies and gentlemen,

Who wish to be the most beautiful!"

People of all ages, from different social classes, all clapped hysterically

"A- not- to miss opportunity,

A new nose, Yes… it is! And totally free

Come and ask for it, if you wish,

We'll see who is the lucky one".

Crazy ideas tempted Maysam again while hearing the appealing call of one the doctors, "can this nose bring me luck, change my life and give me what I am longing for?"

Her eyes sparkled again at this thought; she gathered her courage and went to the doctor.

Hadeel stopped her by pulling her dress: "Where are you going?"

Maysam: "I will be right back, don't worry just wait for me here! Ok?"

Hadeel: "Where? Where? Why don't you tell me?"

Maysam: "You remember sweaty, I told you I'm looking for beauty? I think I find it this time. Please let me go; this is my last chance!"

Hadeel: "But..."

Maysam: "I'll be back, don't worry! But please don't move from here, Ok?"

With indifference and overconfidence, Maysam left the little girl behind in search of her long awaited dream hoping to have luck on her side at last "Yes, this is what will change me and make me beautiful!"

The doctor started to take necessary measurements: "Yes, this is excellent; you'll look gorgeous with this new nose!"

"Please have a seat, and let's get started... Unpredictably, as the countdown for surgery performance began; only few seconds could change her life radically, fantasy could become reality and truth a part of dreams.

"Noooo, don't", Hadeel screaming while running swiftly towards Maysam. The little girl followed her, she saw and heard everything.

Hadeel: "Nooooooooo don't do that Maysam"

Maysam: "Please leave me alone"

Hadeel: "But, but..... But you are beautiful the way you are at present!!!!!!!!!"

These unexpected words penetrated Maysam's heart, overwhelmed her with love, contentment and felicity. They were strong enough to break some of the gloomy mirrors. She opened and closed her eyes several times in total astonishment and disbelief: "I can't believe it, yes, it is gone!!! Oh my God!? What happened?"

She jumped up from her chair, held Hadeel's hand saying:

" Let's, let's go..."

Hadeel delighted: "Yes, yes, let's get out of here"

The two girls walked away pretending that nothing happened but Maysam became more persistent at every new hindrance she encountered. As for disappearance of mirrors, she didn't pay heed to it; she thought it was just a coincidence for children are capable of doing wonders.

"I must get that beauty, yes I have to!

I am sure it will change the reflection of my image in those mirrors and make me look beautiful".

The two girls came across a small peculiar kiosk; there an old man was standing. The modest kiosk had one lamp; no dazzling lights nor expensive ornament, only few simple stuffs such candies, some Arabic sweets, playing cards and some old books.

"Don't immerse yourself in illusion… Illusion is a just a recurring mirage, If you are looking for reality,

Reality is within stray souls only, and nowhere else".

The old man was repeating those words when the girls passed by him, the words were resonating in Maysam's head, she turned to see who was speaking perhaps he knew something.

Last chance

The two girls reached at the end of the bridge and Maysam handed Hadeel to her family. It was quite a moment sticking to the mind like a paint that wouldn't fade away.

"Thank you! Thank you so much dear"

"How can I reward you, tell me?" The mother said.

Maysam replied: "It's fine aunty, I did only my duty"

Mother and father: "Where are your parents, we want to thank them"

Maysam: "Actually, I came with my friends, but I also lost my way"

Mother: "Oh my God! What you've been doing all this time alone. Thank God, now you are safe".

Hadeel echoed some words: "She was looking for beauty......" but Maysam's look averted her to speak up!!!

Hadeel's family decided to stay with Maysam until her family arrives to assure her safe return. Maysam did not feel any rest during long hours of waiting and conversation in spite of the joyful ambiance around. Her thinking was about one and only thing: how to go back to festivity for one last time. She knew that her family would not allow her to go out again after this episode.

"I've to go, it is my last chance before mom and dad come"

Hadeel surprised: "Where are you going?"

"I'll be right back, don't worry! I'm going to watch festivity for last time"

"But...", Maysam didn't give any chance to the little girl to finish her talk. Nothing could stand against her wish. She walked briskly delighted that she refused to bow or surrender despite of the dreary strange mirrors which were constantly pursuing her wherever she go.

Festivity ambiance grew gradually dim, it was late night and people started to pack their goods and close their stalls and theaters. Another day successfully ended, but Maysam was not ready yet for such a thing. She started to search for anything which could wipe out her disappointment, anything to cling to; some light, applause, or nearby entertainment.

Suddenly, some voice disturbed her confident steps saying:

"Festivity can't be of any use now...

Everybody has left the bridge, o girl".

It was the old man, owner of the small modest kiosk.

"What are you doing uncle? Why don't you leave as well?" Maysam said

"I didn't feel sleepy, so I was praising and glorifying God until prayer call, maybe somebody pass by me before that.

She didn't notice any scary looks in the eyes of the old man; no ugly reflections in his peaceful features. She started to examine his face again and again trying to understand.

"You must be wondering why I don't look at you straight into the eyes; I'm blind, I see things in my own way"

"How come?" Maysam asked

The old man trying to escape her question:

"And what are you doing here, o girl?!

Maysam: "I…

I am looking for something! Something which can make a person lovable to everyone:

It's beauty!!"

The old man: "Have you found it?"

Maysam: "Not yet, but I have to get it before going back home!"

The old man: "And if I tell you that I can help, what can you do for me?!"

Maysam: "I'll be grateful to you entire my life!"

The old man: "That's all, that won't be enough?"

Maysam: "What else you want?"

The old man: "I don't think you will be able to fulfill my wish, hence, I won't answer your question".

Maysam: "Please, please tell me and I promise to do whatever you ask me to"

The old man understood that the world of this girl is more isolated, confined and darkest than his own sightless world.

The old man: "I want your beautiful eyes!"

The girl was shocked at his request and couldn't believe what he just utter.

The old man: "Didn't I tell you that you won't!"

She got disappointed and tried to get further explanation.

"What do you mean?" Maysam said.

The old man: "Would you sacrifice your beautiful eyes and take a chance for the sake of your dream?!"

Maysam: "I don't want anything else, what is the secret of that beauty?!! Please tell me".

The old man: "Go inside the kiosk, cross the old curtain and tell me what you find there! Provided you don't leave the place until and unless you find out its secret. If you achieve your aim; you don't have to give me anything, but if you don't then you have to fulfill your promise to me".

Maysam sank in a vortex of her own mirrors as well as the old man's magical mirrors, which were reflecting faces and objects uglier and more terrifying than what she have seen so far. She made up her mind to enter the kiosk of the old man.

"No one can stop me to get what I want, I am confident, I'll find that beauty and I won't have to give anything to this old man in return. Yes, I won't!"

With these words, she was comforting herself, but she never thought inside that room, there was nothing else but images of her frightening ghost which she was trying so hard to escape forever. Alas, it was only the reflections of her face and weaken aged human image overburdened with lack of security and self-esteem.

"I don't want to see myself anymore… that's too much to bear!"

Wherever she turned her eyes, she was facing the toughest lesson of her entire life. It was image of her shattered and insecure self. Her heart was overwhelmed with tears and her soul drawn into an ocean of unspoken pain. Whenever she searched for beauty in her own mirrors, image was getting uglier and colder. The complaint enlarged but she was not ready to sacrifice her eyes yet! The world became very small in her eyes and the room was getting narrower and narrower suffocating her. Shaken… she started to murmur:

"Oh my God, what to do? I' ll go mad, if I stay longer…….

Help! Please help!"

Suddenly Maysam heard some familiar voices, "Where are you? Tell me!"

Maysam got horrified; the room seemed like a maze of avid mirrors with each step she took until she started to have delusions of talking mirrors.

"Please Stay away from me, don't hurt me!"

Maysam withdrawn within herself and closed her eyes to calm herself down but the voice started again:

"Where are you? Maysam, my sweetheart, my darling?"

Isn't it my mom's voice? Yes, it was her mother trying to find her with rest of the family.

"Mom is that you?"

"Yes, it's me darling, calm down, detach yourself from this delusion and false impression, you're as beautiful as blooming rose".

Hadeel already narrated to her family what happened with Maysam and what she was searching for all the time.

Maysam never heard her mother addressing her in similar words; it was like a lovely dream talking to her.

Her face glowed with joy and enchantment. She hardly believed it.

She found her mother.

"Mom!!!" Maysam

"Maysam, my little sweet heart, I was so much worried about you, are you fine?"

Maysam: "Yes, yes, Mom!" while crying in anguish.

Mother: "Thank God".

The mother embraced Maysam passionately and said: "please forgive us darling, we were far from you… do you know how much worried and scared I was when I came to know that you got lost?"

The Mother looked at Maysam's face with teary-eyed and said:

"Please, don't ever do that!"

The family surrounded Maysam and held her tight.

At that very moment, the call for dawn prayer was inviting all people, present, absent, sleeping and sitting for prayer:

Allah is the Greatest, Allah is the Greatest, I bear witness that there is no God but Allah, I bear witness that there is no God but Allah, and

Muhammad is His Messenger, and Muhammad is His Messenger.......

Witnessing the sincerity of the words and feelings of the mother.

They promised each other that love should gather them in spite of distresses and hardship of the life, to relieve their sorrows.

At these comforting words, all the ugly mirrors which were chasing the beautiful girl got broken. Now, Maysam's heart surrounded with wonderful golden threads conquering the invincible walls with sincere and innocent tears, soothing the pain deep inside, and made her at last to forget what she have been looking for, what she wanted to possess.

Maysam asked about the old man whether anybody has ever seen him.... met him... at the gate of the kiosk... they replied: no one has ever seen, met or heard about him. Indeed, it was the place which drew their attention only because of the dim lighting coming from the old lamp and olive seeds rosary lying on the chair.

Day by day, grandmother's home became warmer and more joyful; its doors wide open for love and affection.

The End

ISBN: 978-1-4828-9770-8   Hardcover
            978-1-4828-9769-2   Softcover
            978-1-4828-9771-5   eBook

لطلب نسخ اضافية من هذا الكتاب Toll Free:
سنغافورة2657 101 800
ماليزيا 1 800 81 7340
Order.singapore@partridgepublishing.com

www.partridgepublishing.com/singapore

وهـم اسـمـه الجـمـال
سمر المحياوي

ترجمة اللغة الإنجليزية
أسماء بومزراق

سمر المحياوي

ولدت في الكويت في ١٩٨٤

تخرجت ببكلوريوس ادارة اعمال ٢٠٠٦

طالبة الفنون الجميله في معهد لوتس التعليمي في دبي، الامارات.

*****

شكر خاص:

معهد لوتس

لتعليم الرسم واشرافه في إعداد هذا الكتاب للنشر.

السيدة أسماء بومزراق

لترجمة القصة من العربية إلى الإنجليزية بإحترافية.

السيد نجيب جمعة

لتفانيه في التصميم الداخلي للكتاب وغلافه.

إهـــداء

إنها حكاية طويلة بدأت منذ الآف من الثوان والأشخاص

أنه حلم طفولي استيقظ في نبع نبض الحكايا من تقاليد وعبر وخفايا خاتم وسر سجادة وسحر مرآة

لمن يحب الخيال والأحلام

لمن يحب المبادئ ونثر الأخلاق

لمن يحب التاريخ وبقايا من انسان

لكم اهدي هذا الكتاب

اما شكري وامتناني

فهو لا حصر له بإسم او ثلاث

لكل من شجعني واعجب بقلمي، لعائلتي العزيزة على روحي، لهؤلاء الأشخاص الذين لم يعرفوا

عني الا بعض من اساطيري، لأصحابي واعزائي، لكل من قدرني ووقف إلى جانبي لمن الهمني وأشعل

شيء في داخلي

لن أنسى معهد اللوتس القدير

لولا اصراركم وحبكم لما اقدمت على هذه الخطوة في هذا الوقت بالذات امتناني ومحبتي!

هذا الكتاب نشر من خلالكم جميعاً
ولم اكن فيه إلا جزءاً بسيطاً

وفُتِحت القارورة الزهرية احلامها نحو النجوم متعلقة بين اشِباكها ليرى العالم بوضوح تلألأ عباراتها من تواضع المعنى وعمق الكلمة واسرارها

مودتي واحترامي

سـمـر المـحـيـاوي

اريد ان اخبئ وجهي في علبة كبيرة لأمشي مرفوعة
الرأس بكل ثقة بين الناس.

وهـم اسـمـه الجـمـال

كان يا ما كان في عصر ذلك الزمان

هل يهم أين كانت تلك الأحداث؟!

ام كانت حقيقة أو خيال؟!

أم ان الأهم بأن لكل قصة نرويها تستحق منا حسن الاستماع!

نعم لقد كانت صغيرة الحال لا تتجاوز من عمرها الا اعوام ، جميلة كأميرة من قصص الاحلام عبيرها الطفولي الفواح يملئ المكان عبقاً ووردا والوان.

سميت ميسم لتتسم بأجمل الصفات.

لم تكن هذه الفتاة تفقه بعد عن ما هو العالم وما البشر الا أشكال وانواع.

انما تعلمت الأبتسام ببراءة تقليدية بعد ان علمت من والدتها سرها العجيب الفتان.

أبتسمي يا حبيبتي! أبتسمي وأدخلي السعادة في قلوب الطيبين من البشر دوماً.

كانت ميسم متأثرة بعائلتها الصغيرة كأي طفل من الأطفال ، فتصدق كلامهم، تسر لسعادتهم وتحزن لالامهم.

كانت تتلألئ عينيها كلما رأت الحب الذي يجمع والديها!

فيسألانها ما بكِ يا ميسم؟

تجيب بحلاوة: أريد أن أكون مثل ابي و امي عندما أكبر!
وفي يوم من الأيام حدث ما لم يكن في الحسبان.
وبين ليلة وضحاها أضطرت العائلة للأنتقال والسكن في بيت الجدة الكبير جراء الازمة في البلاد وقلة الحيلة والاعمال.
وتشقلب الحال إلى اللامحال، لم يكن البيت يخلو من الناس او الأثاث بل بالعكس تماماً قد كان مكدساً بمختلف الأغراض من كل شيء نوعان إلا ان جدرانه لم تكن تشعر بالارتياح واذ بها تبرد ارجاء المكان معلنة اعتراضها وآلمها بين من كان حاضراً في المقام.

لم تكن الجدة تحب والدة ميسم لحكمتها وهدوء طبعها ومحبتها للسلام اذ انها كانت تعتقد بأن ذلك ما كان إلا قناع مستهلك الصالحية وما هي إلا حرباء متلونة تحدث زوجها الذي هو ابنها لتملئ عقله بالترهات والفتن إلا انها لم تكن كذلك على الاطلاق وهذا ما كان يسبب المشاكل والحسد من تارة وتارة اخرى غيرة أخته لكونها لم تتزوج حتى الأن.

ومرت الأعوام...
واصبحت الطفلة البريئة الجميلة شابة صغيرة، منطوية منسية.
عندما أنظر لأنعكاسات وجهي لا ارى سوى بقايا رماد وملامح زجاجية.
لا أذكر فيها منذ متى بدأت تختفي ملامح الأشخاص من حولي شيئاً فشيئاً!
أشبه بتلاشي ضباب مرآة الأستحمام رويدأ رويدا حينها تظهر صورة وجهك أنت ولا غيرك أنت.
هذا ما بدأت أراه في مرايا عيونهم اللوزية منها والمدورة كانت ام مربعة، مستطيلة صغيرة كانت ام كبيرة، والتي باتت ترافقني في حياتي إينما ذهبت، تسجنني في ظلال اوهامها

وتشعرني بضيق الصدر والحزن لعدم قدرتي على الرؤية من دونها.

أنني في دوامة مع نفسي!

من أكون؟

ما الذي فعلته؟

وهل هناك من مفر؟!

لقد تغلب شعور الوحدة، الأنانية، الخيانة، والغيرة على عائلتها رافعاً حكمه وقراره عليهم وكانت اولى عقوباته بأخراج الحب من الأبواب المقفلة متجاهلاً سماعه اي نداء فتلك الابتسامة الفاتنة رحلت عن وجه والدتها المرحة وحل محلها ذاك الحزين المليء بالمرارة، بينما تباعدت خطى مشاعر الوالد عن عائلته ليرجع كالعازب الحر الطليق..

كانت النفوس الغاضبة والصرخات المتصاعدة تتعالى من دون أستأذان تتآكلها عبارات تجرح القلب بين جدرانها المهمشة ودموع تحرق كل ما يمر في طريقها بعيداً عن أي عنوان.

اين ذهب ذلك الحب؟

ومتى أختفت تلك الابتسامة؟

لقد الغى الزمن تغيراته الأساسية وتمردت بصماته الموجعة معلنة تحذريها الساكن، ففي ذلك المنزل لم تجد سوى أنفس ضعيفة رخوة القوى تبحث عن منفذ او ملجأ تلقي أحمالها الهرمة وان كانت لثوان طائشة ، وبهذا بدأ مشوار الصراع مع الذات وتقبل العيش مع معاملة الرفض والتشبيه والغضب مع شعور مكبل بتأنيب الضمير والذنب...

أني افهم كل شيء!

اني اسمع كل شيء!

ولكن حجمي الصغير لا يدل على اي شيء!!

كانت عائلة ميسم كغيرهم من العائلات لديهم عادة التشبيه و المقارنة بين فلان وفلان فهذا أحسن وهذا أجمل وهذا وهذا من دون ان يدركوا بأن هذه العبارات وان لم يقصد بها اي مضرة إلا إنها كانت كلمات تغرز في قلب الطفل وتنبت في داخله الشك و وعدم تقدير الذات فيتسأل لما هو كذلك ولما لم يكن كما يريدونه ان يكون!

لا زالت الكلمات تتطاير في مخيلتي كشبح قبيح يحاول اصطياد ضحيته الوحيدة وأيقاعها في شرك خوفه كل يوم ، بل في كل صباح ، وفي كل نزف جديد يتخطى مبادئي في الحياة

يا لكِ من فتاة مغرورة!

ما هذه النظرة المتمردة ! اتجرأين للنظر بهذا الشكل!

ياااااا كم بشرتكِ داكنة اللون!

انتِ لا تعلمين شيئاً، كونك مجردة طفلة!

يا لهذي القدم الكبيرة!

عندما افكر بهذه لاقاويل اتسأل ويصراعني الحزن ويعتصر روحي.

ما بال قدمي ولما هي كبيرة قبيحة بهذا الشكل؟! أحقاً بشرتي داكنة جداً وغير جميلة؟! اكوني صغيرة السن فأنا لا افقه معاني الحياة لماذا؟! لماذا اذن اشعر بتعاسة كبيرة تضغط على صدري وصراخ عظيم يهز اعماقي لماذا انا كذلك من دون الجميع؟!!!

كنت أرى حقيقة أنفسهم إتجاهي وأكره نفسي أكثر فأكثر لأني كنت كذلك كمرايا مخدشة تلقي اتهاماتها بشكل متكرر حتى باتوا رفاق دربي المقيدة من كل جانب و اتجاه تذكرني بمدى قباحتي امامهم...

لذلك قررت! نعم قررت ان ابني لي جدار عميق في صدري، فلقد وعدت نفسي أن لا أبكِ ولن ابكِ امامهم!! أمام الجميع!

أمنيــة

دين دون، دين دون...

رن جرس الباب بخفة فراشة فتية، لا بد أنها بنت جيراننا علا والتي كانت محبوبة بيننا في أحاديثها ومشاكساتها المضحكة وكأنها طير جميل يجلب الحظ والسعادة أين ما مر في جولاته العابرة.

آه كم كنت احب ان أعامل مثلها!

أ أكرهها يا الهي لقد قلتها!!!

نعم أكرهها وآسف على ذلك...

تنهدت ميسم لبضع ثوان وبتوق وجداني وبخت نفسها.

لا أحد يحبني! لا أحد!!

لماذا، لماذا؟!!

دخلت لغرفتها تحدث نفسها وتبحث عن اجابة في مرآتها، تلقي نظرة على نفسها..

ما الذي ينقصني؟ ما المنبوذ في شخصيتي؟

ام هل يا ترى شكلي هو السبب...

توالت الافكار تملئ رأسها وتثقل قلبها الصغير وفجأة! تسرب على مسمعها

يا لك من فتاة جميلة يا علا!

هل هناك أجمل منك في الوجود؟!!

ما الذي يمكنني فعله لألتف بثوب من تلك الكلمات تدثرني وتحميني من اي سبب.

تراقص الهواء بالقهقهات وتبادل الدعابات الطريفة كانت اصواتهم عالية جداً وكأنهم بجوار هذه الفتاة التائه.

تمعنت ميسم بملامح وجهها المسنة قبل الاوان وبعد قليل من الوقت أومأت برأسها موافقة على قرارها، اذ استطعت تحقيق ذلك سأحصل على سعادتي!..

ولكن كيف؟!!

نزلت ميسم من حجرتها لتسأل رفيقتها بشوق لعلها تجيب عن أسئلتها فلم تكن غير أرجوحة عمرها الخشبية ففيها تلقي بمشاعرها المتخابطة بعيداً مع نسمات الهواء.

أتخذت قرارها في خلدها: لا لن استمر في هذا الشكل بعد الان!

نعم لابد لي ان ابحث عن سر ذلك الجمال! وأحصل عليه مهما كلفني الامر!

لعله يعيد الفرح الذي غاب! فبه سأمشي واثقة بين الناس من دون حياء او خوف.

مـا هـو الجـمـال؟

اقبل الصيف على الابواب واذ به يجلب معه كل التحضيرات، حيث يتبادل اهالي المدينة الأحاديث والمناقشات عن مهرجان الخريف الذي يقام في كل عام ليحتفل اصحاب البلدة بأنتهاء الموسم الحار من السنة في اكبر جسر في المدينة رابطاً شرقها مع غربها كمعبرة تواصل ومودة ووئام، انها ليالي فرح وغناء وتنافس بين ما هو اغرب واجمل مسرح واستعراض.

الا ان ميسم لم تكن تفكر كذلك على الأطلاق لشعورها وسط الحشود كأنها فريسة ضالة من خلال مرايا اعينهم الغريبة الموحشة والتي تغرقها بدورها في متاهات شكها الشائك أكثر فأكثر مما يجعلها غير قادرة على التنفس، ومع كل ذلك قررت الذهاب لعلها تجد في ذلك المكان مرادها، لعل حظها يتغير أخيراً قبل فوات الاوان.

وفي ظل تلك الايام كانت ميسم تصول وتجول تكتب الملاحظات الشاردة والواردة التي تحدث في كنف العائلة فتتنصت عن أي موضوع ممتع او مثيراً للأنتباه، تدون الملاحظات وتتفقد كتب جدها الأثرية بخطى خفيفة تختلس النظر وتتفقد الوجوه تدير رأسها بتروي وتمشي على أطراف اصابعها كي لا يسمعها أحد.

وفي تلك الاثناء نادت الوالدة على ميسم لتساعدها قليلاً في تقطيع بعض الخضار مع والتي كانت هي الأخرى تحضر بعض الارز والمرق لموعد تناول الطعام
أنها فرصتي لأتكلم عن المهرجان!

ترددت قليلاً ثم قالت

ميسم: آآآآه أم أمي! "والتي كانت مشحونة بالتوتر"

الأم: ماذا تريدين؟

ميسم: اقترب موعد الكرنفال وأهالي المدينة بشرقها وغربها متلهف في أنتظار الأفتتاح

الام: هذا صحيح

ميسم: هل استطيع الذهاب؟

الأم: ومع من ستذهبين؟

ميسم: مع اصحابي في المدرسة بالتأكيد

الأم: ولكن هذه المرة الأولى التي ترغبين فيها في الذهاب فما الذي غير رأيكِ؟

ميسم: لا شيء احببت ان اقضي وقتاً ممتعاً، هذا كل ما في الامر!

سكتت الوالدة لتفكر قبل ان تجيبها

سأخبر والدكِ بذلك فلا تقلقي على ان تعديني بأن تعتني بنفسك جيداً وتعودي سالمة قبل حلول الظلام.

فأجتاحت موجة غامرة من المشاعر المتخبطة التي اثارت حماسة ميسم لما سيحدث في المستقبل، فها هو الحظ اخيراً يلعب دوره البسيط معها سعياً للحصول على غايتها.

يا ترى إلى متى سيمكنني الأنتظار؟

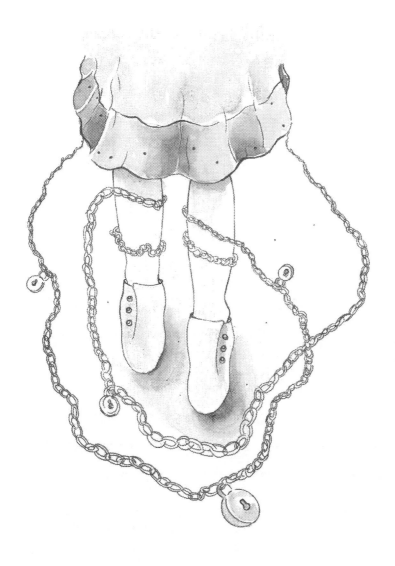

يوم المهرجان

اخبرت ميسم اصحابها بأنها أتية بالتأكيد مما أثار استغراب الفتيات وتهامسهن "ما أصابها يا ترى" فهي المرة الأولى التي ترغب فيها في الذهاب، إلا ان في حقيقة الامر لطالما رغبت ميسم بذلك ولكن عدم ارتياحها عند التجوال في اروقة المدينة ردعها في كل مرة إلا ان هذه السنة مختلفة عن سابقاتها بالتأكيد.

كان الحشد كبيراً لدرجة الأصطدام والأحتكاك اذ ما تم الأحتراس وكانت ميسم تتقدم ببطء مدلية رأسها نحو الأرض ممسكة بطرف قميص احدى الفتيات الا ان تصادم المارة وتعثرهم جعلها تدرك متأخرة بأنها غيرت المسار ولم تعد مع من كانت من الصديقات، بحثت بعينيها القلقة يميناً، شمالاً، من الخلف من الأمام صرخت بكلماتها المكتومة في أعماق أعماقها ((لا أحد لا ارى احداً منهن بتاتاً)) تراود في بالها الاف الأفكار المتشابكة، المتصادمة مع بعضه، وكأن الجدار العميق الذي بنته بنفسها بتفنن وحذر هوى من اول عاصفة في مواجهة القدر. قد كان المهرجان يبهج الأنفاس بأضوائه المختلفة و تصاميم مسارحه المميزة الواحدة عن الأخرى مما جعل ميسم تتناسى لبعض ساعات بأنها وحدها فعلاً خاصة بعد مشاهدة استعراض الألعاب النارية الساحر.

واذ بها تتجول من هنا وهناك بين استعراض لملابس الكرنفال التنكرية الغريب منه والقبيح

واستعراض مستحضرات التجميل العالمية، تتفحص الملابس والأقمشة ترتدي ما يعجبها وترى نفسها تتبرج قليلاً لتسمع الأراء و تتفقد ما اذ كانت قد تغيرت وتحسن حالها وأصبحت أجمل ولكن على الرغم من كل ذلك كانت المرايا المشوهة والقبيحة تلاحقها وتزداد قباحة كل ما اقدمت على شيء أخر.

وبعد مرور بعض الوقت أدركت انها تائهة وسيمر وقت طويل حتى تجد رفيقاتها هذا اذ كان مسارها الذي تتجه فيه مشابهاً لمسارهن ايضا، فشحب وجهها وانطفأت تلك اللمعة في عينيها وجساً وخوفاً من المجهول واذ بها تسمع منادياً ينادي اعلاناً مثيراً للأهتمام تشتت معه تفكيرها مرة أخرى وأنساها بأنها ضلت طريقها تقدمت نحوه لترى ما هناك... واذ به يقول:

ليس هناك أجمل من هذا الجمال!

ولا اعذب من هذا الدلال!

ولا امهر من رقصها وخفتها!

تبهر أعين الناظرين حولها!

تقدموا وشاهدوا ولن تندموا ابدا!!

كان تصميم المكان اشبه بمغارة قديمة مزينة بقطع نقدية ذهبية واضاءة خافتة مريحة للعين كان عدد الناس في هذا المسرح لا يعد ولا يحصى يصفقون ويهللون متشوقين لبدء الاستعراض لم تستطع ميسم الصبر كل هذا فلقد ذكر هذا المنادي ما الذي تبحث عنه بالتحديد اندفعت تبحث عنه وما ان وجدته واذ بها تقول: ايها العم!

نظر إليها الرجل وعلامة الأستفهام بادية على وجه: ما الذي تريدينه يا صغيرة؟

فقالت له: لديك شيء يخصني!

واذ به يستغرب مجدداً ما الذي تعنيه بقولك يا فتاة؟!! هذه المرة الاولى التي اراكِ فيها وانت تتهمينني بأمتلاك شيئاً أخذته منكِ!!!

بدأ الرجل بالغضب إلا ان ميسم ادركت ذلك بسرعة وقالت: لا ياعم لقد اسأت فهمي أني ابحث عن الجمال وقد كنت تنادي به لكل المارة متفاخراً واثقاً بكلامك فأرجوك اذ كنت تمتلكه فأعطني اياه فأنني بحاجة ماسة له!

ضحك الرجل ضحكة صفراء عالية لبضع دقائق لا اصدق ما تقولينه ها ها هاه تعالي تعالي معي يجب ان تقولي هذا الكلام للجميع!

اخذ الرجل الفتاة خلف كواليس المغارة المتلألئة في ظلمة الليل الباردة وعرفها على مجموعة من الموسيقيين وفتيات الأستعراض الساحرات بملابسهن وحليهن الامعة المبهرجة

وسرد الرجل والضحكة مخنوقة في بلعومه: تعالوا يا فتيات تعالوا لتسمعوا هذه الفتاة فهي تريد ان تأخذ شيء املكه ! أسمعوا ما هو!

تسأل الجميع: وما هو؟!!

الرجل المنادي: اخبريهم بنفسك إيتها الصغيرة!

ميسم: اني ابحث عن الجمال نفسه لأتملكه ويكون مني واكون منه.

فهبت عاصفة من الضحك الهستيري خلف ابواب المسرح ولولا الجمهور الكبير وهتافاتهم العالية لسمعت قهقهاتهم المدوية

هل انت جادة يا فتاة!

سكتت ميسم بحذر معلنة موافقتها وجديتها في هذا الشأن

المنادي: أحم حسنا! أنظري لذلك الحشد الكبير أتظنين سبب تجمعه الهائل الجمال بعينه؟

ميسم: بالتأكيد فلا شيء غير الجمال الذي يأسر الأرواح ويحنن القلوب ويغرق العالم فرحاً وسلوى نظر الرجل بصمت لميسم وهي تتكلم بكل لهفة وهو يتمعن كل كلمة تنطق بها والدهشة تغطي وجهه المجعد.

أكملت ميسم: فما هو جمالكم يا عم؟

استغرق الرجل ثواني قبل ان قال: عزيزتي انه استعراضنا المثير بكل فخر!!! ما رأيك هل تريدين ان تشاركِ؟

ميسم: نعم، نعم وقد احمرت وجنتاها وبرقت عيناها اثارة وفرحاً!

لقد ذهل الرجل على اصرار ميسم وحبها للمغامرة في العثور على مرادها فذهب يتفقد للحظات خزانة الملابس وجلب معه بعض القطع البراقة الزاهية

الرجل: يا فتيات اريدكن ان تعلمن هذه.....

ما أسمك يا صغيرة؟ أجابته: ميسم! أسمي ميسم.

آه حسنا أريدكن ان تعلمن ميسم ما الذي ستفعلونه في الاستعراض

بدأت الفتيات بالثرثرة واعلنوا رفضهن المباشر لهذه الفكرة لقلة الوقت وصعوبة الاداء الذي تطلب منهن شهوراً و شهورا ليتقنوا تنفيذه بكل احترافية.

الرجل: اذن لا بأس! كل ما عليكن فعله تعليمها اشياء بسيطة جداً مكملة للوحتكم الأستعراضية وأعتقد انكن قادرات على ذلك على الاقل!

أريد ان أرى على ما ستقدم عليه هذه الفتاة الغريبة! بكل تحدي وفراسة أعلن رايه

تقدمت احداهن وكانت تدعى اورسلا وهي قائدة الفريق من اب عربي وام روسية كانت اشبه بالدمى الخشبية "ماتريوشكا" الدمية المعروفة بخدودها الوردية وعيناها الزرقاء العذبة والتي تحمل في داخلها دمية اخرى متطابقة أصغر حجماً فأصغر وهكذا حتى تنتهي بعائلة من الفتيات الصغيرات...

اورسلا: سأساعدها على ان تقدم استعراضاً جميلاً لا تقلق!

اخذت الملابس الذي يحملها صاحب الاستعراض وألبستها لميسم بالشكل المناسب للمسرح فوق ملابسها.

اورسلا: حسناً، افعلي ما سأفعله تماماً.

ارقصي بهذا الشكل ثم هكذا بخفة ورشاقة ولا تنسي الابتسامة المشرقة، عندما نذهب بهذا الاتجاه عليك باللحاق بنا... وهكذا بدأت ميسم محاولة اتقان فن الأستعراض في غاية الحصول على جمال هذا المكان والفرحة لم تكن تسعها...

هيا، هيا لقد حان موعد العرض!

لا تفقدوا انتباهكن وحظاً موفقاً جميعاً

أورسلا: هيا يا ميسم تعالي معنا لتشاهدي بنفسك جمال أستعراضنا من خلال عيون الجماهير الوفية.

١، ٢، ٣

ورفعت الستار وبدأت الموسيقى تعزف انغامها الساحرة تطرب معها كل مشاهد و فنان، وبدأ الحفل واندمجت رقصات الفنانين مع الات العزف والكمان إلا ان الأمر لم ينتهي على هذا الحال، حيث ان ميسم تسمرت في مكانها ولم تتحرك خطوة واحدة!

كانت ميسم متشوقة لتلتمس جزء من ذلك الجمال إلا انه حدث ما لم يكن في خيالها، فعند اعلان بدأ الأستعراض وتعال صرخات الحاضرين، كانت ميسم قد حفظت ما ستفعله على خشبة المسرح إلا ان نظرات الجماهير لم تكن محببة لقلبها المسكين ، فلقد أصبحت مصب الاهتمام وبدل ان تتواجه مع كم محدود من المرايا فلقد زادت اعدادها لأكثر من ١٠٠ مرآة تحدق في ملامحها، في شكلها وإدائها.

أحدى الجماهير: ما بال تلك الفتاة؟ لما لا تتحرك هل هي زينة الأحتفال؟
أني اسمع همساتهم، اني ارى حقيقة أنفسهم أتجاهي... يحدقون، يثرثرون، يضحكون، ويسخرون؛
هذا ليس جمالاً على الأطلاق!!!!!!

حاولت اورسلا المساعدة بطريقة غير مباشرة، الا ان ميسم قفزت بين الحاضرين تتدافع من هنا وهناك، تحاول ان تغلق عينيها، اذنيها حتى تصل إلى نهاية المغارة وتخرج من البوابة بأسرع ما يمكن، لقد هربت وتركت الأستعراض في موجة من الذعر مزقت فيها ثيابها الاستعراضية بين تدافع الجماهير لترجع لتلك الفتاة العادية في نهاية المطاف، لم تعد تشعر بما يحدث لها لكونها لم تستطع نسيان مرايا عيونهم المخيفة اتجاهها كانت ميسم تبكي في داخلها خوفاً والماً على نفسها...
واذ بها تركض وتركض ورتركض...
الا ان المرايا لم تكن تختفي بل وكأنها كانت تتراكض معها اينما ذهبت، تمالكت ميسم نفسها وجلست في مكان محاطاً ببقايا الخشب المتبقي الخاص بالكرنفال لتكون بعيدة عن الأنظار لفترة من الزمن.

وبعد مرور بعض دقائق وفي خلوة جلوسها واذ بها تسمع بكاء طفل من بعيد، أنها طفلة صغيرة تقف في الجهة المقابلة لها من الجسر، نظرت إليها فوجدتها وحيدة بين الجموع الهائلة بين القادم والذاهب وليس هناك أحد بجانبها فتقدمت إليها تتفقدها...

ميسم: لماذا تبكين؟ واين هم والداكِ؟

الفتاة الصغيرة: لا ادري اين هما لقد اختفـ يا، اا أختفيا آآآآه وأجهشت بالبكاء..

ميسم: حسنااا، حسنا لا تقلقي يا صغيرة ابدا، لما لا نبحث عنهما سوياً!

دعيني اعلم اولاً ما أسمكِ؟

الفتاة الصغيرة: اسمي هديـل! قالتها بصعوبة وأنفاسها متقطعة بسبب البكاء ولكني لا استطيع الذهاب معكِ ! فأمي أخبرتني إلا أتكلم مع الغرباء او ان ارافقهم لأي مكان كان.

ميسم: ما قالته والدتكِ هو الصحيح يا عزيزتي ولكن انظري نحن في جسر عريض وطويل مليء بالناس، لن أخذكِ ابعد من هذا المكان فما عليك سوى الصراخ وسيأتي لنجدتكِ ملايين من الأشخاص، كل ما سأفعله هو انني سأرافقك لذلك الكشك في أخر الجسر، اذ ان هناك رجال الآمن ولربما والديكِ في انتظاركِ هناك فما رأيكِ؟

فكرت الفتاة الصغيرة قليلاً قبل ان تهز رأسها بإيجاب فتوقفت عن البكاء وأمسكت بيدها ثم مشت معها في الحال.

ميسم: لا تخافي يا هديل فكما انك تبحثين عن والداكِ أنا ايضاً أبحث عن شيء ما في هذا الكرنفال!

أرتاحت الفتاة الصغيرة هديل عند سماعها هذه الكلمات وبدأت تتجاوب مع ميسم

هديل: ما هو ذلك الشيء الذي تبحثين عنه؟

ميسم: همست وهي تميل إليها "انه الجمال!" ((وهي تبتسم بسمة رقيقة جداً، وكأنها نسمة

سرمدية مشعة وسط الظلام))

هديل: واااااا لديكِ إبتسامة جميلة جداً!

انهزت جدران قلعة ميسم المحصنة مرة أخرى ولكن وقع هذه الكلمات كان مختلفاً، شيء جديداً، دافئاً، تكسرت من خلالها إحدى مراياها بكل عجب وتحول صقيعها لقطرات ماء عذبة وكأنها دموع قديمة قديمة جداً حكم عليها بالسجن المؤبد إلا إنها تحررت من قيدها بعد زمن طويل.

ساد الصمت لفترة طويلة بين الفتاتين وهما يمشيان نحو أخر الجسر، كانت ميسم في هذه الأثناء سعيدة الحال اذ أنها لم تعد وحيدة بعد الأن، واذ بها تتحلى بشجاعة كبيرة خلف اسوار قلبها فلقد قررت مع نفسها بأنها تستطيع ان تفعل اي شيء لمساعدة هديل، الا انها لم تستمد تلك الطاقة الا من تلك الفتاة الصغيرة ذاتها فمن يا ترى يساعد من؟ أهديل تساعد ميسم ام ان العكس هو الصحيح؟ ام انه لقاء يجمع بين طاقتين ليساعد فيه كلٌّ واحدة منهما على طريقته الخاصة.

وفي الطريق قابلت الفتاتان منصة عرض من الطراز الحديث باضوائها الواضحة وتصميمها الأنيق البعيد عن البهرجة، كانت هناك مجموعة من الصور التي تلفت الأنتباه من فتيات وشبان ومظهرهم المختلف تماماً من قبل ومن بعد.

كانت الأعداد تتزايد تدريجياً في كل صورة جديدة ونتيجة مقبولة لدى الحاضرين

انه مسرح يضم اطباء التجميل الذين قرروا مساعدة الناس مجاناً في هذا اليوم المميز بحضوره، واجواءه التقليدية النادرة.

يرجى الأنتباه، يرجى الأنتباه!!

إيها السادة الحضور!

من يريد ان يكون الأجمل!!

صفق الجمهور بهستيرية غريبة من كبير وصغير، شاب وشابة، غني وفقير...

فرصة لا مثيل لها!

انه أنف جديد، نعم أنف جديد ومجاناً!

تقدموا وطالبوا به اذ كنتم قادرين!

وسنرى من صاحب الحظ السعيد!!!

بدأت ميسم تساورها أفكار مجنونة أخرى ، وهي تسمع النداء المغري لهذا الطبيب "هل يمكن ان يكون هذا الأنف انفاً محظوظاً بالنسبة لي يغير حياتي ويمنحني ما أتمناه أخيراً"

فبرقت عينيها من جديد وقررت الذهاب لذلك الطبيب!

إلا ان هديل اوقفتها وهي تشدها من ثوبها : أين تذهبين؟

ميسم: سأرجع بعد قليل، لا تقلقي أنتظريني هنا! حسنا؟!

هديل: أين؟ إلى أين؟ لما لا تخبريني؟

ميسم: ألم أقل لكِ انني أبحث عن الجمال يا صغيرة، لعلني وجدته الأن فدعيني أذهب فهذه فرصتي الأخيرة!

هديل: ولكن..

ميسم: سأرجع فلا تقلقي ! أطلب منكِ فقط بأن لا تتحركِ أتفقنا؟!!

وبخطى واسعة حذرة ومندفعة ذهبت ميسم بكل جرأة وانانية تاركةً الفتاة الصغيرة خلفها لعلها تجد مرادها هذه المرة!

نعم هذا هو ما سيغيرني ويجعلني جميلة!

بدأ الطبيب بأخذ القياسات الازمة: نعم هذا ممتاز، ستكونين رائعة في هذا الأنف الجديد!

أجلسي هنا ولنبدأ... وما ان بدأ العد العكسي للتنفيذ وما هي إلا ثواني قليلة واذ بها تنقلب الحياة رأساً على عقب ويتحول الخيال واقعاً والحقيقة جزء من الأحلام.

لااااااااااا صرخت هديل وهي تركض نحو ميسم من دون هوادة فلقد تبعتها ورأت وسمعت كل شيء.

هديل: لاااااااااا لا تفعلي هذا يا ميسم

ميسم: دعيني وشأني

هديل: ولكن، ولكن..... ولكنك جميلة كما أنت!!!!!!!!!

سمعت ميسم هذه الكلمات وكأن سهم دخل إلى قلبها مباشرة غمرها حباً وسعادة وطمأنينة لقد كانت هذه الكلمات قوية الوقع عليها واذ معها تتحطم أحدى المرايا العابسة في وجهها، أغلقت وفتحت عينيها عدة مرات متتالية مندهشة غير مصدقة نعم لقد اختفت!!! يا الهي ما هذا؟ ما الذي حصل؟

قفزت من على كرسيها نحو هديل وامسكتها من يدها متفاجئة!

ميسم: هيا بنا، لنذهب...

هديل: نعم، نعم لنذهب من هنا، ووجهها يغطيه بهجة لا مثيل لها!

تابعت الفتاتان مسيرتهما وكأنه لم يحدث شيء على الاطلاق إلا ان ميسم كانت ومازالت مصرة على قرارها، بل ان حبها لأمتلاك ما تريده يزداد اكثر فأكثر مع كل عقبة وعثرة في طريقها، اما عن تكسر المرايا السابقة فلم تفكر في الامر إلا انه مجرد صدفة كبيرة فمع الصغار تحدث العجائب ويحصل اللامتوقع.

لا بد لي ان احصل عن هذا الجمال، نعم!

أنا واثقة بأنه سيغير صورتي في تلك المرايا وسيجعلني ابدو جميلة

وفي الطريق تجاوزت الفتاتان كشك صغير وغريب فيه رجل كبير في السن، كان الكشك الفقير

يحمل مصباح واحد للأنارة فلا وجود للاضاءة المبهرة ولا حلية غالية الثمن بل أشياء بسيطة كبعض السكاكر والحلوى العربية، اوراق لعب مختلفة الأشكال والملامح مع كتب قديمة.

لا تغرقوا في الأوهام، فما الأوهام إلا سراب متكرر!

واذ كنتم تبحثون عن الحقيقة!

فما الحقيقة إلا في الأنفس التائهة ذاتها!

ردد الرجل هذه الكلمات عند مرور الفتاتين من امامه، إلا ان كلماته علقت في رأس ميسم مما جعلها تنظر إلى الخلف لترى من هو ذلك الرجل الذي يتحدث لعله، لعله يعرف شيئاً ما.

فـــرصة اخيــرة

ووصلت الفتاتان لأخر الجسر وسلمت ميسم هديل لعائلتها كانت لحظة تعلق في الأذهان وكأنها لوحة فنية لا تزول لحظة التقاء العائلة مع ابنتهم الصغيرة

شكراً لكِ! شكرا لكِ يا عزيزتي

كيف يمكن ان اكافئك أخبريني؟! قالت الأم

أجابت ميسم: لا داعي لذلك يا خالة فلم افعل سوى الواجب

الأم والأب: اين هم والداكِ لا بد لنا ان نشكرهما

ميسم: في الحقيقة لقد جئت بصحبة رفيقاتي ولكني اضعت طريقي ايضا

الأم: يا الهي! وما الذي فعلته لوحدكِ كل هذه الفترة، الحمد لله، الحمد لله أنت في أمان الأن

رددت هديل بعض الكلمات: لقد كانت تبحث عن الجمـ ...... قاطعتها نظرة ميسم محذرة إياها بأن لا تتكلم!!!

وبذلك قررت عائلة هديل الجلوس مع ميسم لحين حضور عائلتها للأطمئنان على عودتها سالمة، وفي زحمة الأحاديث وساعات الأنتظار، لم تعرف ميسم الراحة في ظل تلك الأوقات المشرقة والبهيجة اذ كان كل تفكيرها ينصب بأن عليها الذهاب ولو لمرة واحدة لأجواء الأحتفال، مرة واحدة فقط، فلقد كانت تعلم بأن عائلتها لن تسمح لها بالخروج مرة اخرى لاسيما بعد ان اضاعت طريقها.

سأذهب فهي فرصة الأخيرة قبل وصول أمي وأبي، فاجأتها هديل بقولها أين تذهبين؟
سأعود سريعاً لا تقلقي! سأذهب لاشاهد الأحتفال مرة أخيرة
ولكن! لم تدع ميسم الفتاة الصغيرة أي فرصة لأكمال حديثها فلم يقف اي شيء امام رغبتها في الذهاب وسارت تهرول سعيدة الحال لكونها أبت الرضوخ والأستسلام على الرغم من رؤيتها المرايا الغريبة الأطوار مرة تلو الأخرى تلاحقها في كل مكان.

إلا ان اجواء الأحتفال بدأت بالأختفاء تدريجياً، فلقد تأخر الوقت وبدأ الناس بترتيب اغراضهم وغلق اكشاكهم ومسارحهم لأنهاء اليوم بنجاح، إلا ان ميسم لم تكن مستعدة لمثل هذا الأمر بتاتا، وبدأت بالبحث لعلها تجد اي شيء يزيل خيبة املها ضوء نور، تصفيق، او مرح قريب.

إلا ان صوت مفاجئ يقلق خطواتها العازمة واذ به يقول:
لم يعد هناك فائدة من الأحتفال
فلقد غادر الجميع الجسر يا فتاة
لقد كان الرجل العجوز صاحب الكشك المتواضع الصغير!
وما الذي تفعله يا عم؟ لماذا لم تغادر انت ايضا
لم يغلبني النعاس، وكنت أسبح لله حتى يأتي وقت الصلاة او يزورني أحدهم قبل ذلك
لم تجد في عين الرجل العجوز اي نظرات مخيفة، فهالة المرآه القبيحة بعيدة عنه أشد البعد، بدأت تتسأل وتبحث في وجهه!
أظنك تتسألين لما لا انظر إليك فانا كفيف البصر ارى الأشياء بطريقتي الخاصة من دون نظر

وكيف ذلك؟: ميسم

الرجل العجوز: لم يجبها وسألها مباغتة ما الذي تفعلينه هنا ايتها الفتاة؟

ميسم: أنـــ ا!

أني أبحث عن شيء ما! شيء يجعل الشخص محبوباً، مقرباً من الجميع

أنـ ه، انـه الجمال!!

الرجل العجوز: وهل وجدته؟

ميسم: لا لم أفعل بعد، ولكن عليّ ان احصل عليه قبل ذهابي إلى البيت

الرجل العجوز: وان استطعت المساعدة ما الذي تفعلينه؟!

ميسم: سأكون شاكرة لك طوال عمري!

الرجل العجوز: هذا فقط؟

ميسم: وما الذي تريده أيضا أخبرني؟

الرجل العجوز: لا أعتقد بأنك ستحققين رغباتي فبالتالي لن أجاوبك على سؤالك

ميسم: أخبرني، أخبرني ارجوك وأعدك بأنني سأنفذ ما تطلب مني اي كان ذلك الشيء

شعر الرجل العجوز بأن عالم هذه الفتاة عالم منعزل متقوقع مغلق أشد ظلاماً وحلكة من عالمه البعيد عن الصور.

الرجل العجوز: أريد ان تعطيني عينيك الجميلتين!

صدمت الفتاة لسماع كلام الرجل فلم تصدق ما قاله!

الرجل العجوز: ألم أقل لكِ بأنكِ لن تقبلي عرضي!

أصيبت بالأحباط فراحت تسعى للمزيد من المعلومات

ماذا تعني بكلامك؟: ميسم

الرجل العجوز: هل ستضحين بعينيكِ النادرتين وتجازفين بما لديك من اجل ما تريدين؟!

ميسم: لا اريد ان امتلك شيء غيره فما سر ذلك الجمال؟!! أرجوكِ دلني عليه

الرجل العجوز: أدخلي كشكِ هذا وأعبري الستارة القديمة وأخبريني ما ستجدين هناك! على ان لا تتركِ المكان قبل ان تكتشفي سره، فأذ وجدت مرادك فليس لديك اي شيء عندي اما اذ لم تجدي إي شيء فعليكِ ان توف بعهدكِ لي!

غرقت ميسم في دوامة من مراياها ومرايا العجوز السحرية التي بدورها تشكل الوجوه والاجسام بأشكال غريبة والتي كانت أكثر بشاعة وفظاعة من ما رأته حتى الأن، فلقد اتخذت قرارها في الدخول إلى كشكِ الرجل العجوز

لن يمنعني احد بأمتلاك ما أريد، سأعثر على ذلك الجمال بالتأكيد ولن أضطر لأعطي لهذا الرجل العجوز أي شيء ، نعم!

هذا ما ردته في سرها عازمة القرار ولكنها لم تكن تتصور بأن ما في الغرفة إلا شبحها المخيف الذي تحاول جاهدة بأن تتخلص منه وإلى الأبد وما هو إلا إنعكاسات وجهها، وصورتها البشرية الهرمة الضعيفة المثقلة بعدم الأمان وعدم حب الذات.

لم أعد اريد النظر إلى نفسي بعد الأن

هذا كثير، كثير

إينما استدارت كانت تواجه أصعب درس في حياتها وهو ذاتها المهزوزة المقطعة لقد امتلئ القلب بالدموع وثقلت الروح بالوجع فكأنما كلما ما ارادت العثور على ذلك الجمال في

مراياها تزداد بشاعة وبروداً، زادت شكواها ولكنها لم تكن مستعدة لتقدم على التضحية بعينيها! ضاق العالم من أمامها وبدأت الغرفة وكأنها تصغر شيئاً فشيئاً تكبس على انفاسها وبدأت تناجي وتحاكي نفسها.

يا الهي ماذا أفعل؟
سأجن اذ ما استمريت على هذا النحو
ساعدوني! ارجوكم ساعدوني!
وفجأة سمعت ميسم اصواتاً مألوفة، أين انتِ؟ أخبريني!
فزعت ميسم في الحال لقد كانت الغرفة وكأنها دهاليز من المرايا الشرهة لكل خطوة تخطيها حتى أعتقدت واهمة بأن المرايا بدأت تتكلم بدورها
أرجوكِ أبتعدي عني، لا تؤذيني!

انكمشت ميسم على نفسها واغلقت عينيها لتهدئ نفسها إلا ان الصوت رجع مرة اخرى
أين انتِ؟ ميسم، ميسم يا صغيرتي العزيزة؟
اوليس هذا صوت والدتي، نعم لقد كان هذا صوت الأم وهي تحاول العثور على ابنتها مع من من معها من العائلة
أمي أهذا انتِ؟
نعم انها انا يا عزيزتي تداركِ نفسك وأبعدي الأوهام عنكِ، فأنت جميلة جميلة كوردة غناء، فلقد أخبرت هديل عائلتها عن ما حدث معها وهي برفقة ميسم وما الذي كانت تبحث عنه طوال الطريق

لم تسمع ميسم يوماً هذه الكلمات من والدتها فكأنه كان حلم جميل يتحدث معها

اشرق وجه ميسم فرحاً وبهجة غير مصدقة

واذ بها تجد أمها

أمي!!!: ميسم

ميسم يا عزيزتي الصغيرة لقد خفت عليكِ جداً، هل انت بخير؟

ميسم: نعم ، نعم يا أمي! وهي تبكي بحرقة

الوالدة: الحمد لله، الحمد لله

ضمت الوالدة ميسم بقوة وقالت: سامحينا يا عزيزتي سامحينا لأننا كنا بعيدين عنكِ، وأكملت كلماتها بأنفعال اتعلمين مدى فزعي وخوفي عندما سمعت بأن كنت ضالة الطريق

نظرت الوالدة بعينيها الدامعتين لوجه ميسم وقالت:

ارجوكِ لا تفعلي هذا مرة أخرى

تجمعت العائلة وضمت بعضها بعضاً

واذ بآذان الفجر ينادي الحاضر، الغائب، النائم والقاعد للصلاة بقوله اللـــــه أكبر، اللـــــه أكبر، أشهـــد ان لا آله إلا الله، أشهـــد ان لا آله إلا الله، أشهـــد أن محمد رسول اللـــه، أشهـــد أن محمد رسول اللـــه ليؤكد كلمات الوالدة وصدق أحاسيسها

فلقد وعدو أنفسهم منذ ذلك الحين بأنه على الرغم من مشاكل الحياة ومصاعبها فلا بد ان يكون الحب قريب بينهم يجمعهم وينسيهم همومهم

ومع هذه العبارات المهدئة للنفس تكسرت رؤيا المرايا البشعة التي ترافق الفتاة الجميلة ومنذ

تلك اللحظة أحيط قلب ميسم بخيوط ذهبية عجيبة اذابت في طريقها اعمدتها المنيعة بدموع حارة وبريئة أسكنت آلامه والحنين الذي يفتقده مما انساها ما تبحث عنه او ما اذا كانت بحاجة لأمتلاكه.

ام عن ذلك الرجل العجوز فلقد سألت ميسم عما اذ قابلوه في واجهة الكشك إلا ان العائلة اجابت بالنفي فلم يلتقي او يسمع به أحد إلا انه كان المكان الوحيد الذي لفت انتباهم من خلال ضوء المصباح القديم و مسبحة نواة الزيتون الملقاة على الكرسي.

ويوماً بعد يوم واذ بجدران بيت الجدة الكبير يرجع دافئاً بهياً عن ذي قبل معلناً عن رضاه لفتح ابواب الحب والألفة من جديد بين قلوب الساكنين فيه.

النـهـايـة